パイロットのたまご

吉野万理子《よしのまりこ》 作
黒須高嶺《くろすたかね》 絵

おしごとのおはなし パイロット

講談社

雄大《ゆうだい》がどこよりもいちばん好《す》きな場所《ばしょ》。それは空港《くうこう》だ。
ターミナルの展望《てんぼう》デッキからは、ずらりとならんだ飛行機《ひこうき》がいっぱい見《み》られるから。

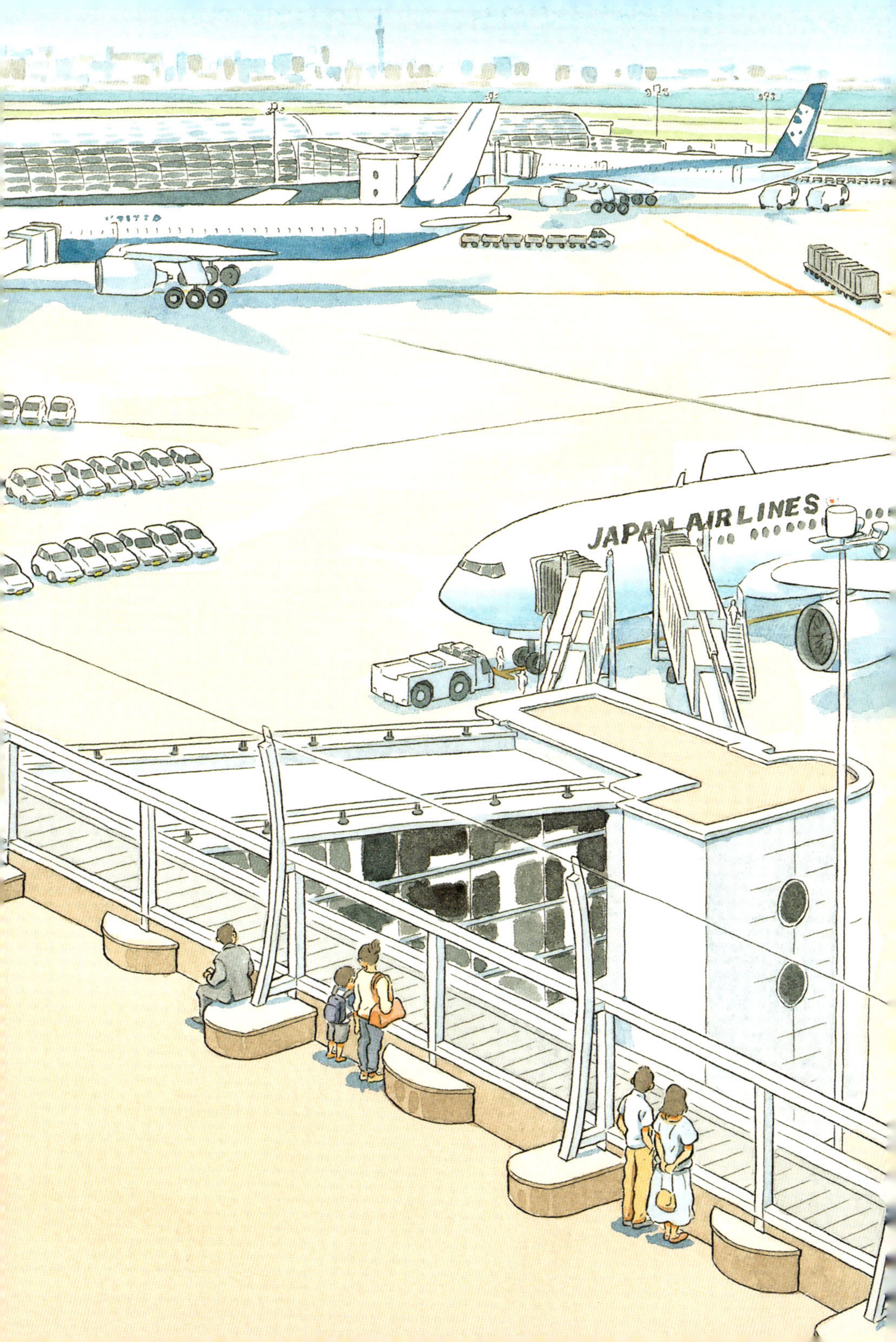
JAPAN AIRLINES

ちょうどいま、目《め》の前《まえ》の滑走路《かっそうろ》を、飛行機《ひこうき》がぐんぐんスピードを上《あ》げて進《すす》んでいく。そして、ゆったり機首《きしゅ》を上《あ》げて、地面《じめん》をはなれて、空《そら》へまいあがっていった。

「わー、あれ、ボーイング777だ。かっこいいなぁ。いってらっしゃーい。」

雄大《ゆうだい》が、青空《あおぞら》を見上《みあ》げながら手《て》をふると、横《よこ》にいたお母《かあ》さんがふしぎそうな顔《かお》をした。

「よくちがいがわかるね。お母《かあ》さんには、あんまり区別《くべつ》つかないな。さすが雄大《ゆうだい》は飛行機博士《ひこうきはかせ》ね。」

飛行機博士《ひこうきはかせ》といわれて、雄大《ゆうだい》はうれしくなった。たしかに、クラスでも自分《じぶん》がいちばん飛行機《ひこうき》にくわしいと思《おも》う。

雄大《ゆうだい》は小学《しょうがく》二年生《ねんせい》。好《す》きなものは飛行機《ひこうき》、しゅみは飛行機《ひこうき》を見《み》ること、とくぎは飛行機《ひこうき》の種類《しゅるい》をたくさんいえること——ぜんぶ飛行機《ひこうき》つながりなのだ。

じつは、お父《とう》さんが、この羽田空港《はねだくうこう》のなかにあるホテルで働《はたら》いている。だから小《ちい》さいころから、雄大《ゆうだい》はしょっちゅう空《くう》港《こう》へ遊《あそ》びにきていたのだった。

さっきのボーイング777は、大型《おおがた》でどっしりしている。ほかの飛行機《ひこうき》にくらべて、お客《きゃく》さんをたくさん乗《の》せられるのだ。

いつか、飛行機《ひこうき》に乗《の》ってみたいなぁ、と、雄大《ゆうだい》は心《こころ》のなかで思《おも》う。

まだ一度《いちど》も、空《そら》を飛《と》んだことはない。おばあちゃんの家《いえ》が空港《くうこう》のそばにあれば、毎年《まいとし》遊《あそ》びにいくとき、飛行機《ひこうき》に乗《の》れるのだけれど……。じっさいには京都《きょうと》にあって、近《ちか》くには空港《くうこう》がなかった。だからいつも新幹線《しんかんせん》で行《い》くのだ。

「で、お母《かあ》さん、まだ幸也兄《ゆきやにい》ちゃんは仕事終《しごとお》わらないの?」

雄大《ゆうだい》がきくと、お母《かあ》さんは時計《とけい》を見《み》た。

「そろそろね。ちょっと見《み》にいってみようかしらね。」

今日《きょう》は、ただ空港《くうこう》へ遊《あそ》びにきたわけではない。いとこの幸《ゆき》也兄《やにい》ちゃんに会《あ》いにきたのだった。

幸也兄《ゆきやにい》ちゃんは、雄大《ゆうだい》よりもだいぶ年上《としうえ》で二十二歳《さい》。今《こ》年《とし》、航空会社《こうくうがいしゃ》に入社《にゅうしゃ》したばかりだ。なんと、パイロットになるんだという。

パイロットというのは飛行機《ひこうき》の操縦《そうじゅう》をする人《ひと》で、カッコいい黒《くろ》の制服《せいふく》を着《き》ているのだ。

チェックインカウンターを見《み》にいくと、お客《きゃく》さんがひっきりなしに来《き》ていた。
幸也《ゆきや》兄《にい》ちゃんは、
紺色《こんいろ》の制服《せいふく》を着《き》て
立《た》っていた。
　機械《きかい》を
どう使《つか》っていいか
わからないお客《きゃく》さんに、
笑顔《えがお》で説明《せつめい》して
あげている。

五時《じ》をすぎて仕事《しごと》が終《お》わり、幸也兄《ゆきやにい》ちゃんは、雄大《ゆうだい》のところへ来《き》てくれた。

「やあ、雄大《ゆうだい》、また大《おお》きくなったな。」

幸也兄《ゆきやにい》ちゃんがいうから、雄大《ゆうだい》は答《こた》えた。

「幸也兄《ゆきやにい》ちゃんもオトナっぽくなったね。」

去年《きょねん》、京都《きょうと》でいっしょにバッタをとって遊《あそ》んだ。そのときにくらべると、かみの毛《け》が短《みじか》くて、表情《ひょうじょう》もきりっとしている。

「おれはまえからオトナだってば。」

もんくをいいながら、兄《にい》ちゃんは空港《くうこう》のなかのきっさ店《てん》へつれていってくれた。

「ねえ、幸也兄《ゆきやにい》ちゃん。
なんでパイロットになる訓練《くんれん》を
しないの？　べつの仕事《しごと》してるなんて、
へんじゃない？」

さっそく雄大《ゆうだい》はたずねてみた。

「いまは研修《けんしゅう》の期間《きかん》なんだよ。」

「けんしゅう？」

「航空会社《こうくうがいしゃ》って、とてもたくさんの仕事《しごと》があるんだよ。飛行《ひこう》機《き》を操縦《そうじゅう》する人《ひと》、お客《きゃく》さんを案内《あんない》する人《ひと》、飛行機《ひこうき》を整備《せいび》する人《ひと》、機内《きない》をきれいにする人《ひと》……もっともっとあるんだ。だから社員《しゃいん》になると、まずはみんな、いろんな場所《ばしょ》で勉強《べんきょう》するんだよ。それが研修《けんしゅう》なんだ。」

「へぇ～。」

「でも、それももうすぐ終《お》わりで、じつは来月《らいげつ》から、いよいよパイロットの訓練《くんれん》に入《はい》るんだ。」

「え、どの飛行機《ひこうき》に乗《の》るの？　ボーイング787？　それとも777？」

雄大《ゆうだい》が思《おも》わず立《た》ち上《あ》がって身《み》をのりだすと、幸也兄《ゆきやにい》ちゃんはハハハと笑《わら》った。

「最初《さいしょ》から飛行機《ひこうき》に乗《の》れるほど、かんたんじゃないよ。まずは教室《きょうしつ》で授業《じゅぎょう》を受《う》けるんだ。」

「ええっ、授業《じゅぎょう》!?」

「そう。雄大《ゆうだい》が学校《がっこう》で授業《じゅぎょう》を受《う》けるのといっしょだ。」

「そうかぁ。ぼく、幸也兄《ゆきやにい》ちゃんが乗《の》る飛行機《ひこうき》のこと、早《はや》く知《し》りたいんだよなぁ。」

雄大《ゆうだい》がそういうと、幸也兄《ゆきやにい》ちゃんが紙《かみ》きれをわたしてきた。

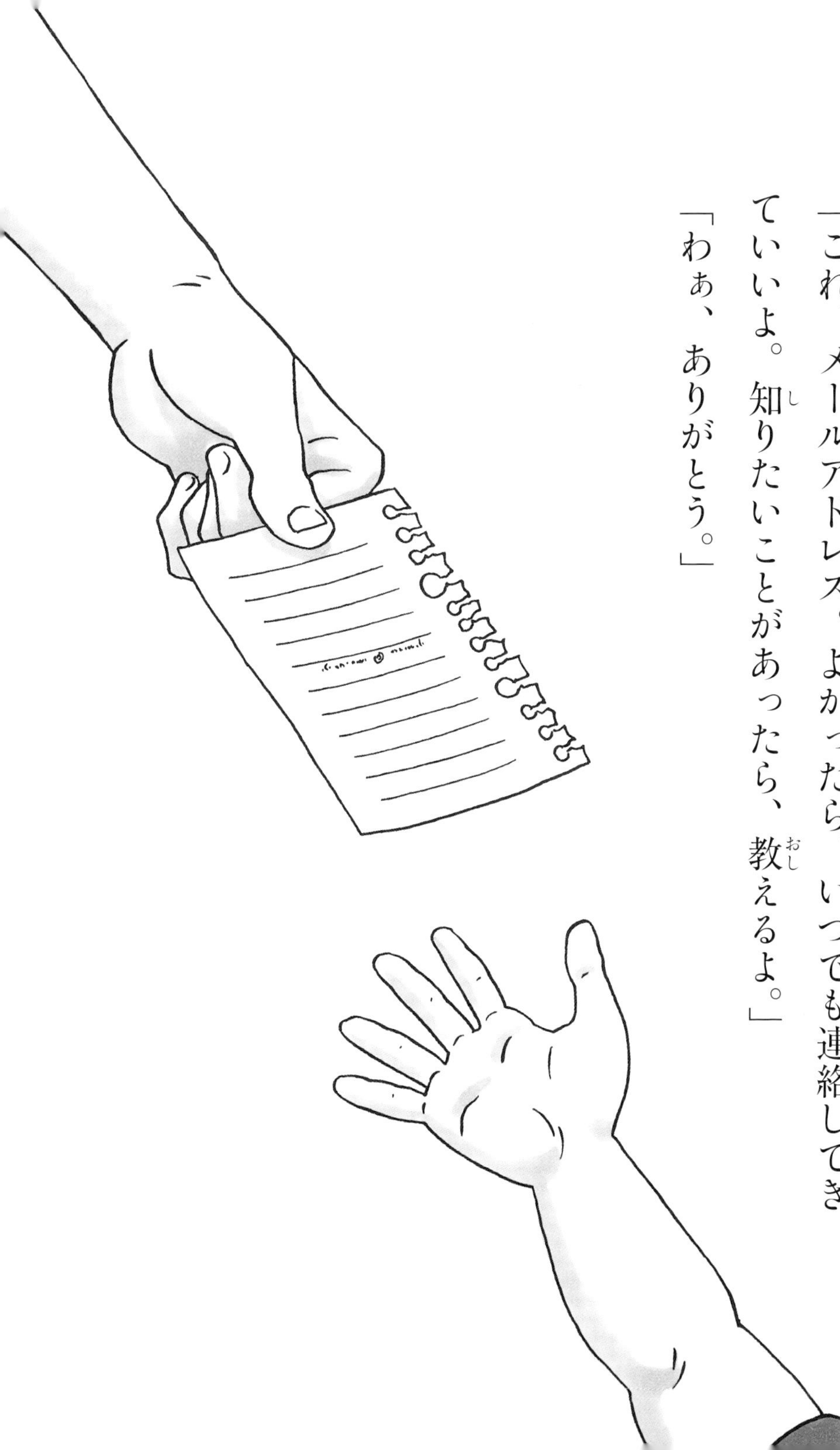

「これ、メールアドレス。よかったら、いつでも連絡《れんらく》してきていいよ。知《し》りたいことがあったら、教《おし》えるよ。」
「わぁ、ありがとう。」

空港《くうこう》で会《あ》ってから、二か月《げつ》。
雄大《ゆうだい》は、お父《とう》さんに教《おそ》わりながら、
初《はじ》めて幸也《ゆきや》兄《にい》ちゃんにメールを送《おく》ってみた。
三日《みっか》後《ご》に返事《へんじ》がきた。

雄大《ゆうだい》へ

おひさしぶり。メールありがとう。
返事《へんじ》がおそくなってごめんな。
予習《よしゅう》、復習《ふくしゅう》がいそがしくてね。
いまは教室《きょうしつ》で、天気《てんき》のことを学《まな》んだり、
航空工学《こうくうこうがく》っていう授業《じゅぎょう》を受《う》けたりしているよ。

大雨《おおあめ》が降《ふ》ってるとか、風《かぜ》がふいてるとか、
カミナリが鳴《な》っているとか、天気《てんき》を知《し》らないと、
飛行機《ひこうき》を安全《あんぜん》に飛《と》ばすことはできないからね。
もうひとつの航空工学《こうくうこうがく》っていうのは、
飛行機《ひこうき》のしくみを学《まな》ぶ授業《じゅぎょう》。
雄大《ゆうだい》がやっている算数《さんすう》と理科《りか》を、
もっともっとむずかしくした感《かん》じだね。

頭《あたま》がパンクしそうだけれど、
試験《しけん》に合格《ごうかく》しなきゃいけないから、がんばるぞ。
試験《しけん》におちたら、もう１回《かい》だけチャンスがあるけど、
２度《ど》失敗《しっぱい》したら、パイロットはあきらめて
べつの道《みち》を選《えら》ばなきゃいけないんだ。
よし、やるぞ。
雄大《ゆうだい》も、勉強《べんきょう》がんばれよ。

幸也《ゆきや》

雄大《ゆうだい》は三年生《ねんせい》になった。
今年《ことし》の冬休《ふゆやす》みも、おじいちゃんとおばあちゃんに会《あ》いに、
京都《きょうと》へやってきた。
みんなで、テレビの前《まえ》にはりついている。
なぜって、夕方《ゆうがた》のニュース番組《ばんぐみ》に、
幸也兄《ゆきやにい》ちゃんが登場《とうじょう》するからだ。
「はじまった！」
おばあちゃんが、
テレビの音《おと》を
大《おお》きくした。

「いま、かがやいている若者《わかもの》たち」というコーナーだ。家具《かぐ》職人《しょくにん》の修業《しゅぎょう》をしている人《ひと》、お菓子屋《かしや》さんで働《はたら》きはじめた人《ひと》……いろいろ登場《とうじょう》する番組《ばんぐみ》なんだけど、今日《きょう》の特集《とくしゅう》は「パイロットのたまご」なのだった。

「うわー、幸也《ゆきや》兄《にい》ちゃん、いま、こんなところにいるんだ!」

テレビがうつしだしたのは、アメリカのアリゾナ州《しゅう》という場所《ばしょ》だった。ごつごつしたオレンジの岩《いわ》がいっぱいあって、見《み》たことのない形《かたち》のサボテンが生《は》えている。

兄《にい》ちゃんは、日本《にっぽん》での勉強《べんきょう》を終《お》えて、アメリカで訓練《くんれん》をはじめていたのだった。

「いいなぁ、アリゾナって、
日本《にっぽん》と景色《けしき》がぜんぜんちがうなぁ。
遊《あそ》びにいきたいな。それで兄《にい》ちゃんに
案内《あんない》してもらうんだ。」
雄大《ゆうだい》はそういいながら、
テレビを見《み》つめた。

アナウンサーがリポートしている。

「はーい、わたくしはアメリカのアリゾナ州《しゅう》フェニックスにやってきています。ここでは、飛行機《ひこうき》のパイロットになるために、訓練《くんれん》を受《う》けている若者《わかもの》たちがいるんです。」

「あ、小型飛行機《こがたひこうき》が飛《と》んでる。」

雄大《ゆうだい》は顔《かお》を画面《がめん》に近《ちか》づけた。見《み》たことのないタイプの飛行《ひこう》機《き》だ。前《まえ》にプロペラがついていて、人《ひと》が乗《の》る部分《ぶぶん》は乗用車《じょうようしゃ》と同《おな》じくらいの広《ひろ》さしかない。

その飛行機《ひこうき》が無事《ぶじ》に着陸《ちゃくりく》すると、幸也兄《ゆきやにい》ちゃんが出《で》てきたではないか。足《あし》が長《なが》くて、カッカッカと大《おお》またで歩《ある》いてくる。

もうひとり、兄《にい》ちゃんを指導《しどう》している、ボスみたいな背《せ》の高《たか》い人《ひと》もいっしょだ。

「お、幸也《ゆきや》、ずいぶん日《ひ》に焼《や》けたな。」

おじいちゃんも画面《がめん》に見入《みい》っている。

小型飛行機《こがたひこうき》があとからもう一機《き》、着陸《ちゃくりく》した。

出《で》てきた人《ひと》は、幸也兄《ゆきやにい》ちゃんの同期生《どうきせい》のようだ。

いっしょに訓練《くんれん》を受《う》けているらしい。

「いまはどんな訓練《くんれん》をしているんですか？」

アナウンサーがきくと、男《おとこ》の人《ひと》が答《こた》えた。

幸也兄《ゆきやにい》ちゃんよりも、ちょっぴり背《せ》が低《ひく》くて、目《め》がくりっとした人《ひと》だ。

「いまは、小型機《こがたき》に乗《の》って、実地訓練《じっちくんれん》を受《う》けています。」

「休日《きゅうじつ》はどんなふうにすごされてるんですか？　アリゾナ州《しゅう》はいろいろ観光《かんこう》するところもありそうですが。」

アナウンサーが、今度《こんど》は幸也兄《ゆきやにい》ちゃんにいった。西日《にしび》がま

ぶしいみたいで、兄《にい》ちゃんは少《すこ》し目《め》を細《ほそ》めている。

「いえ、観光《かんこう》どころじゃないです。授業《じゅぎょう》の予習《よしゅう》と復習《ふくしゅう》がたいへんで。遊《あそ》びにいく時間《じかん》なんかないんです。」

「うわー、幸也《ゆきや》くん、だいじょうぶかしら。パイロットになるって、たいへんなのねえ。」

お母《かあ》さんが目《め》を見開《みひら》いている。おばあちゃんは心配《しんぱい》そうだ。

「体《からだ》こわさないといいけどねえ。」

雄大《ゆうだい》もびっくりしていた。アリゾナに遊《あそ》びにいって、幸也《ゆきや》兄《にい》ちゃんに案内《あんない》してもらうどころではないみたい。そんなに、いっしょうけんめいやらなきゃいけないなんて。

パイロットって、思《おも》ったより、ほんとたいへんなんだな。

テレビ出演《しゅつえん》から半年《はんとし》がすぎた。
幸也《ゆきや》兄《にい》ちゃんからメールがきた。

雄大《ゆうだい》へ

元気《げんき》にやってるかい？
いつもおうえんしてくれてありがとな。
おかげで、アリゾナでがんばってるよ。
小型《こがた》プロペラ機《き》は卒業《そつぎょう》して、
小型《こがた》のジェット機《き》に乗《の》れるようになった。
この飛行機《ひこうき》で訓練《くんれん》して、
そのあとで卒業試験《そつぎょうしけん》を受《う》けるんだ。
同期生《どうきせい》は８人《にん》いるんだけど、
全員《ぜんいん》で合格《ごうかく》できるように、
教《おし》えあったり、はげましあったり
しているよ。
ちゃんと試験《しけん》をクリアできたら、
全員《ぜんいん》がパイロットになれるんだよ。
だから、みんなライバルじゃない。
大切《たいせつ》な仲間《なかま》なんだ。
いっしょにテレビにうつった同期生《どうきせい》も、
がんばってるよ。

幸也《ゆきや》

一歩一歩《いっぽいっぽ》、ゆめに近《ちか》づいて
いるんだなぁ、と雄大《ゆうだい》は思《おも》った。
つぎの日《ひ》、学校《がっこう》で、
となりの席《せき》の真二《しんじ》が、
「漢字《かんじ》の読《よ》み方《かた》がわからない。」
というから、教《おし》えてあげた。
そうしたら、真二《しんじ》はかわりに、
雄大《ゆうだい》がにがてな算数《さんすう》の分数《ぶんすう》の問題《もんだい》を
教《おし》えてくれた。
これって、幸也兄《ゆきやにい》ちゃんたちが
やってることに、ちょっぴりにてるかな?

四年生《ねんせい》になって、今日《きょう》がいちばんうれしい日《ひ》だ。雄大《ゆうだい》はそう感《かん》じていた。なぜって、航空会社《こうくうがいしゃ》の工場《こうじょう》を見学《けんがく》するツアーに参加《さんか》できたから！　飛行機《ひこうき》が、目《め》の前《まえ》で見《み》られるのだ。

案内《あんない》の人《ひと》に連《つ》れられてみんなで訪《おとず》れたのは、格納庫《かくのうこ》、つまり飛行機《ひこうき》のガレージだ。ここで飛行機《ひこうき》は整備《せいび》・点検《てんけん》をして、つぎのフライトへ向《む》けて飛《と》び立《た》つ。

「わ、でっけー。」

ボーイング787を点検《てんけん》している最中《さいちゅう》だった。最新鋭《さいしんえい》の飛《ひ》行機《こうき》だ。雄大《ゆうだい》の好《す》きな777よりも少《すこ》し小《ちい》さいけれど、それでもやっぱりでかくて、近《ちか》づくと、まるでそびえたつビルのように見《み》える。

AIRLINES

幸也兄《ゆきやにい》ちゃんは、もうすぐ、こんな大《おお》きい乗《の》り物《もの》を操縦《そうじゅう》するようになるんだな、と思《おも》うと、雄大《ゆうだい》までドキドキしてしまう。

そう、遠《とお》い将来《しょうらい》じゃない。もうすぐなのだ。

幸也兄《ゆきやにい》ちゃんは、アリゾナでの一年以上《ねんいじょう》の長《なが》い訓練《くんれん》を終《お》えて、みごと、卒業試験《そつぎょうしけん》に合格《ごうかく》したのだった。

ほかの仲間《なかま》たちも、みんな！

きびしかった先生《せんせい》たちが、いっしょによろこんでくれたんだって。

さあ、いよいよ幸也兄《ゆきやにい》ちゃんはパイロットになるんだ！と思《おも》ったら、ちがった。

まだ訓練《くんれん》があると知《し》って、雄大《ゆうだい》はびっくりした。そんなに勉強《べんきょう》しなくてもパイロットになれたらいいのにね、ってメールを送《おく》ったら、幸也兄《ゆきやにい》ちゃんから返事《へんじ》がとどいた。

雄大《ゆうだい》へ

訓練《くんれん》のこと、いろいろ心配《しんぱい》してくれてサンキュー。
アメリカから帰《かえ》ってきて、訓練《くんれん》も後半《こうはん》に入《はい》ったよ。
いまはシミュレーターという機械《きかい》を使《つか》っているんだよ。
本物《ほんもの》とまったく同《おな》じようにつくられていて、
そこでトレーニングするんだ。
アリゾナと日本《にっぽん》では、空港《くうこう》のかたちもちがうし、
飛《と》んでいる飛行機《ひこうき》の数《かず》も、天気《てんき》も、
なにもかもちがうからね。
羽田空港《はねだくうこう》を離陸《りりく》してから、
国内《こくない》のべつの空港《くうこう》に着陸《ちゃくりく》するまで、
どのように準備《じゅんび》してどのように行動《こうどう》すればいいのか、
学《まな》んだ。

そのあとは、
いよいよじっさいに日本《にっぽん》の空《そら》を飛《と》ぶんだ。
まえから、飛行機《ひこうき》の種類《しゅるい》を
知《し》りたいといっていたね？
ボーイング７３７−８００だよ。
試験《しけん》に合格《ごうかく》したら、いよいよ副操縦士《ふくそうじゅうし》として
デビューできる。
がんばらなくっちゃな。
雄大《ゆうだい》、パイロットになるための勉強《べんきょう》や
訓練《くんれん》が多《おお》すぎるって、心配《しんぱい》してくれたけど、
すべてたいせつな準備《じゅんび》なんだ。
なぜならパイロットは、
その飛行機《ひこうき》に乗《の》ってくださるみなさんの
命《いのち》をあずかるわけだから。
何年《なんねん》もかけて、たくさんのことを
覚《おぼ》えていく必要《ひつよう》があるんだよ。
自信《じしん》をもって、フライトできるように、
あと一息《ひといき》、がんばるよ！

幸也《ゆきや》

雄大《ゆうだい》は何度《なんど》も何度《なんど》もメールを読《よ》みかえした。

ボーイング737-800かぁ。

どっしりと大型《おおがた》な777にくらべると、かなり機体《きたい》が小《ちい》さめだ。

でも、つばさの先《さき》っぽにウイングレットという、小《ちい》さなつばさがもう一ついていて、カッコいい。

早《はや》く幸也《ゆきや》兄《にい》ちゃんが、最終試験《さいしゅうしけん》に合格《ごうかく》できますように——。

雄大《ゆうだい》は五年生《ねんせい》になっていた。

秋《あき》の終《お》わり、木《こ》の葉《は》が赤《あか》や黄色《きいろ》にそまりだしたころのことだった。

この日《ひ》、学校《がっこう》が終《お》わってから、雄大《ゆうだい》は大急《おおいそ》ぎで家《いえ》へ帰《かえ》ってきた。夕方《ゆうがた》のニュース番組《ばんぐみ》を見《み》なくちゃいけないからだ。

お母《かあ》さんと、テレビの前《まえ》にならぶ。

二年近《ねんちか》くまえに、幸也兄《ゆきやにい》ちゃんが出演《しゅつえん》した「いま、かがやいている若者《わかもの》たち」というコーナー。そこにまた幸也兄《ゆきやにい》ちゃんが出演《しゅつえん》するのだ。

あのときと同《おな》じアナウンサーが、
マイクを持《も》って、羽田《はねだ》空港《くうこう》を歩《ある》いている。

「二年まえの冬《ふゆ》、アリゾナで
がんばっていたパイロットのたまごは、
いま、どうしているでしょうか？
その人《ひと》をたずねてみたいと思《おも》います。」

「わ、出《で》た！」

雄大《ゆうだい》は声《こえ》をあげた。

幸也《ゆきや》兄《にい》ちゃんが、
黒《くろ》い制服《せいふく》を着《き》て、
画面《がめん》にうつっている。

「栗山幸也《くりやまゆきや》さん。アリゾナ州《しゅう》フェニックスでお会《あ》いしたときは、パイロットをめざして訓練《くんれん》していましたが、みごとにこの秋《あき》、一人前《いちにんまえ》の副操縦士《ふくそうじゅうし》になりました。今日《きょう》は、フライトの出発《しゅっぱつ》までのもように、密着《みっちゃく》させてもらいます。」

きんちょうしたようすで、幸也兄《ゆきやにい》ちゃんがうなずいている。その部分《ぶぶん》に、金色《きんいろ》の線《せん》が三本《ぼん》ある。それは、副操縦士《ふくそうじゅうし》のしるしなのだ。

「国内線《こくないせん》のフライトの日《ひ》は、出発《しゅっぱつ》の一時間《じかん》二十分まえに『ブリーフィング』という打《う》ち合《あ》わせをします。もっとも、わたしは少《すこ》し早《はや》めに来《く》るようにしています。」

幸也兄《ゆきやにい》ちゃんは、ちょっとてれたようすで笑《わら》った。

「いまからブリーフィングをする場所《ばしょ》に向《む》かいます。」

そう説明《せつめい》して、幸也兄《ゆきやにい》ちゃんは歩《ある》きだした。着《つ》いたのは、オペレーションセンターという場所《ばしょ》で、機長《きちょう》の亀谷《かめや》さんがすぐにあらわれた。とても背《せ》が高《たか》くて姿勢《しせい》のいい人《ひと》だ。制服《せいふく》のそでには、金色《きんいろ》の線《せん》が四本《ほん》ついている。

この人《ひと》とふたりで、幸也兄《ゆきやにい》ちゃんはこれから北海道《ほっかいどう》の札幌《さっぽろ》までフライトするのだ。

「ほんとにパイロットになったんだなぁ。兄《にい》ちゃん……。」

雄大《ゆうだい》はまばたきをするのももったいないと思《おも》いながら、テ

レビを見《み》つづけた。

カメラを気《き》にするようすもなく、ふたりは集中《しゅうちゅう》して打《う》ち合《あ》わせをはじめた。幸也兄《ゆきやにい》ちゃんは、亀谷《かめや》さんのことを「キャプテン」とよんでいる。

むずかしい言葉《ことば》がぽんぽんと飛《と》びかう。天気《てんき》のこと、燃料《ねんりょう》の計算《けいさん》、飛行機《ひこうき》の重《おも》さなどをいろいろチェックして、使《つか》う燃《ねん》料《りょう》の量《りょう》や、飛行機《ひこうき》がどのくらいの高《たか》さを飛《と》ぶかを決《き》めるそうだ。

「それでは行《い》ってきます。」

フライトバッグという、専用《せんよう》のがっしりしたかばんを手《て》に、ふたりは歩《ある》きだした。

撮影《さつえい》は、飛行機《ひこうき》に乗《の》る手前《てまえ》で終了《しゅうりょう》だ。
幸也兄《ゆきやにい》ちゃんも、亀谷《かめや》さんも、黒地《くろじ》に金《きん》のマークの入《はい》った帽子《ぼうし》が、とてもよくにあっている。

「あーあ、飛行機《ひこうき》のなかはうつしてくれないんだ。残念《ざんねん》だなぁ。」

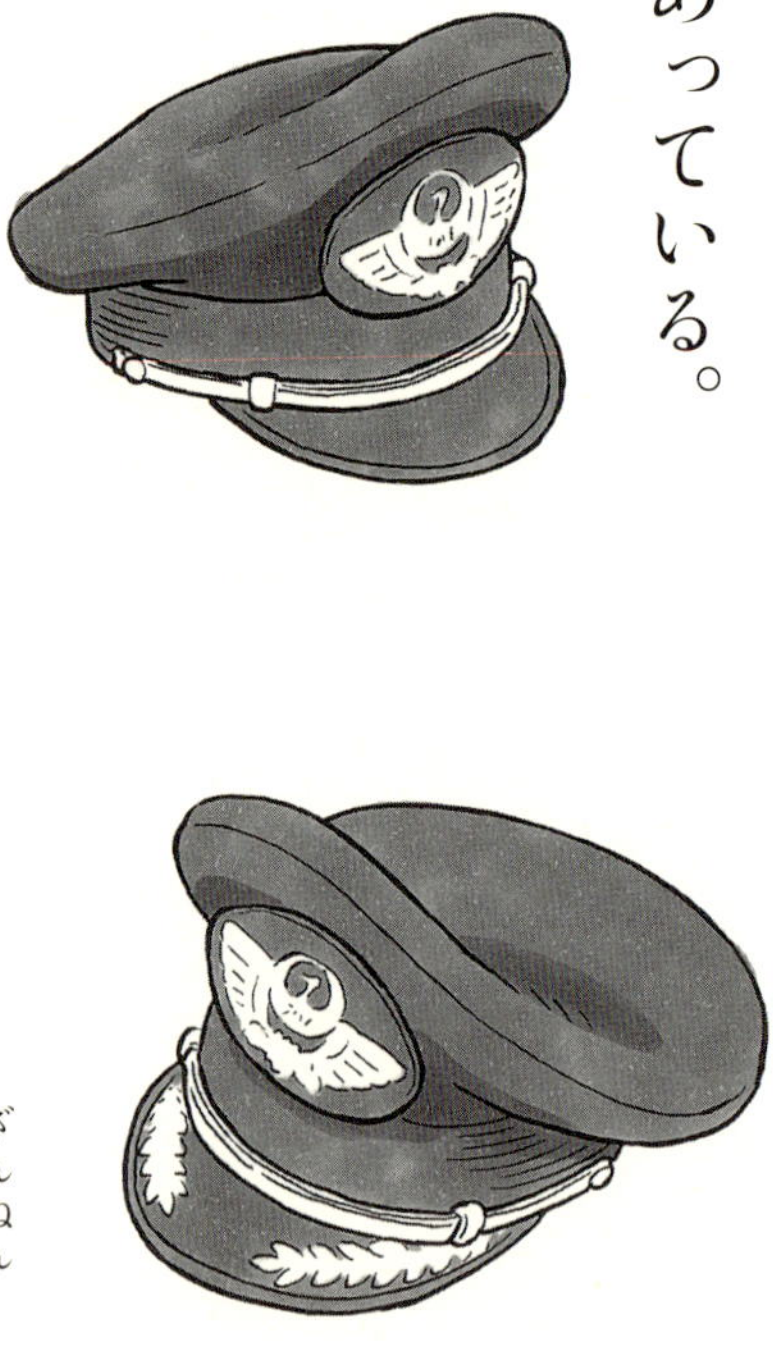

雄大《ゆうだい》は、そのことをメールに書《か》いた。
すると、つぎの日《ひ》に返事《へんじ》がきていた。

雄大《ゆうだい》へ

テレビ、見《み》てくれたんだね。
フライトは毎回《まいかい》きんちょうするけど、
あの日《ひ》は特《とく》にきんちょうしたな。
でも、京都《きょうと》のおじいちゃんやおばあちゃんからも、
「見《み》た。」って連絡《れんらく》をもらったし、
出演《しゅつえん》できてよかったよ。

ところで、フライトのようすを、
テレビで紹介《しょうかい》しなかったこと、
残念《ざんねん》がっているみたいだね。
コックピット（操縦席《そうじゅうせき》のことだよ。）は安全《あんぜん》のため、
フライトに直接関係《ちょくせつかんけい》のない人《ひと》は
自由《じゆう》に入《はい》れないようになっているんだよ。
かわりに、このメールで説明《せつめい》するぞ。

ボーイング７３７－８００に乗《の》りこむと、
機長《きちょう》と副操縦士《ふくそうじゅうし》は、すぐにコックピットへ行《い》くんだ。
室内《しつない》には、壁《かべ》から天井《てんじょう》まで
ボタンがたくさんついていて、
ひとつひとつに役割《やくわり》があるんだよ。

お客《きゃく》さんが乗《の》りこんでくるときは、
窓《まど》からボーディングブリッジを見《み》ている。
（ボーディングブリッジというのは、
ビルの出口《でぐち》と飛行機《ひこうき》の入《い》り口《ぐち》をつなぐ
橋《はし》のようなものだよ。）
厚着《あつぎ》をしている人《ひと》が多《おお》かったら、
暖房《だんぼう》を最初《さいしょ》は少《すこ》し弱《よわ》めにするとか、
こまかい調整《ちょうせい》もしているんだよ。
出発《しゅっぱつ》するときは、管制塔《かんせいとう》と連絡《れんらく》をとるんだ。

管制塔《かんせいとう》っていうのは、飛行機《ひこうき》が、
順番《じゅんばん》にうまく離陸《りりく》、着陸《ちゃくりく》できるように、
誘導《ゆうどう》してくれる人《ひと》たちがいるところ。
空港《くうこう》のなかにある高《たか》い塔《とう》、見《み》たことないかな？
そこから飛行機《ひこうき》をじっさいに見《み》ながら、
管制官《かんせいかん》が指示《しじ》してくれるんだ。

幸也《ゆきや》

「あー、わかる！　見《み》たことある！」

メールを読《よ》みながら、思《おも》わず雄大《ゆうだい》はさけんでいた。しょっちゅう羽田空港《はねだくうこう》に行《い》くから、見《み》ていたんだ。大《おお》きなタワーがあって、上《うえ》は展望台《てんぼうだい》になっているのかと思《おも》っていた。そうじゃなくて、管制官《かんせいかん》が仕事《しごと》をしている場所《ばしょ》だったんだな、と雄大《ゆうだい》はメールを読《よ》みかえしながら、ひとりうなずいた。

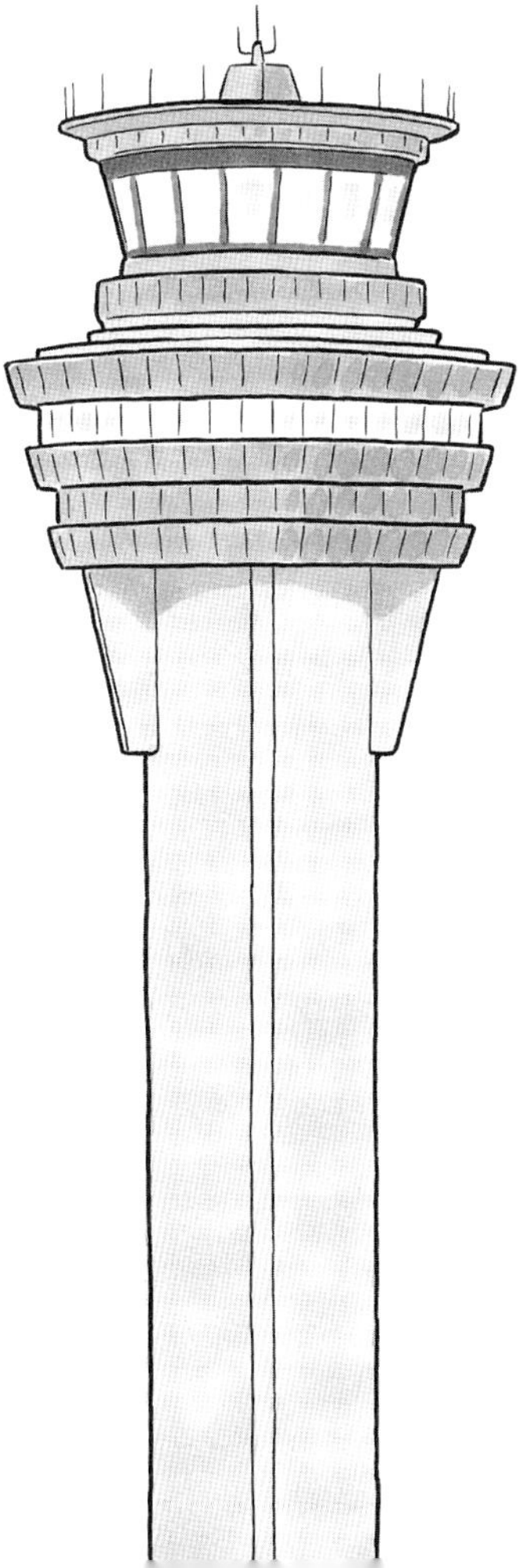

十二月《がつ》に入《はい》った。今年《ことし》も冬休《ふゆやす》みになったら、京都《きょうと》へ行《い》く。でも、いつもとちがうことがおきたのだ。

居間《いま》で雄大《ゆうだい》が飛行機《ひこうき》のプラモデルをつくっていたときだった。お母《かあ》さんが話《はな》しかけてきた。

「ねえ、雄大《ゆうだい》。」

「ん？」

うわの空《そら》で返事《へんじ》をした雄大《ゆうだい》は、つぎのしゅんかん、プラモデルのことなどすっかりわすれてしまった。だってお母《かあ》さんが、こういったのだもの。

「冬休《ふゆやす》みの京都旅行《きょうとりょこう》だけど、飛行機《ひこうき》で行《い》くっていうのはどう？」

「え、えええええーっ！」

「雄大《ゆうだい》がそんなに飛行機《ひこうき》が好《す》きなら、一度《いちど》は乗《の》ってもいいよね、ってお父《とう》さんと話《はな》していたの。」

「え、あ、でも、京都《きょうと》には空港《くうこう》がないのに。」

「そう。だから大阪《おおさか》の関西国際空港《かんさいこくさいくうこう》まで行《い》って、そこから電車《でんしゃ》で京都《きょうと》にもどることになるね。かなり回《まわ》り道《みち》だけど、雄大《ゆうだい》が飛行機《ひこうき》に乗《の》ってみたいなら。」

「乗《の》りた――――い！」

雄大《ゆうだい》は両手《りょうて》をバンザイしながら、さけんだ。

五歳《さい》くらいから飛行機《ひこうき》が大好《だいす》きになって、いまは十一歳《さい》。六年目《ねんめ》で初《はじ》めて、飛行機《ひこうき》に乗《の》れることになったのだ。

メールを、幸也《ゆきや》兄《にい》ちゃんに書《か》くことにした。

幸也兄《ゆきやにい》ちゃんへ

生《う》まれて初《はじ》めて、
飛行機《ひこうき》に乗《の》ることになったよ！
京都《きょうと》へ行《い》くとき、
大阪《おおさか》の関西国際空港《かんさいこくさいくうこう》まで乗《の》るんだって。
12月《がつ》22日《にち》、午後《ごご》1時《じ》に羽田空港《はねだくうこう》を出《で》て
大阪《おおさか》に行《い》くけど、幸也兄《ゆきやにい》ちゃんはその日《ひ》、
どこにいますか？
スケジュールって直前《ちょくぜん》になるまで
わからないのかな？
会《あ》えたらうれしいなあ。

雄大《ゆうだい》

すると、つぎの日《ひ》、返事《へんじ》がきた。

雄大《ゆうだい》へ

おっ、飛行機《ひこうき》に乗《の》るの、
初《はじ》めてなんだな。おめでとう。
もう予定《よてい》はわかっているよ。
前《まえ》の月《つき》の25日《にち》には、翌月《よくげつ》の
フライトのスケジュールがわかる
しくみになっているんだ。
それによれば、22日《にち》の朝《あさ》は、
フライトで沖縄《おきなわ》にいることに
なってるな。
また会《あ》おうな。

幸也《ゆきや》

残念《ざんねん》だけれど、しかたがない。飛行機《ひこうき》に乗《の》った感想《かんそう》を、またメールで送《おく》ろう、と雄大《ゆうだい》は決《き》めた。

外《そと》はキーンと冷《ひ》えた空気《くうき》だけれど、羽田空港《はねだくうこう》のターミナルのなかはあたたかだ。

いよいよ今日《きょう》、飛行機《ひこうき》に乗《の》る。

雄大《ゆうだい》は、お父《とう》さんとお母《かあ》さんといっしょに、まず自動《じどう》チェックイン機《き》に向《む》かった。

「少《すこ》し早《はや》く着《つ》きすぎちゃったね。」

お母《かあ》さんが笑《わら》う。

飛行機《ひこうき》が出《で》る時間《じかん》は午後《ごご》一時《じ》で、いまはまだ午前《ごぜん》十一時《じ》二十分《ぷん》。

出発《しゅっぱつ》まで一時間半以上《じかんはんいじょう》あるのだ。

自動《じどう》チェックイン機《き》では、機械《きかい》の指示《しじ》にしたがっていくと、チェックインできる。わからなくてこまることがあれば、係《かかり》の人《ひと》に相談《そうだん》すればいい。三年《ねん》半《はん》まえ、幸也《ゆきや》兄《にい》ちゃんが研修《けんしゅう》でやっていたのも、この仕事《しごと》だった。

今日《きょう》、幸也兄《ゆきやにい》ちゃんに会《あ》えたらうれしかったけれど、沖縄《おきなわ》にいるんだからしょうがない……。そんなことを雄大《ゆうだい》が考《かんが》えている間《あいだ》に、お父《とう》さんはスーツケースをあずけていた。雄大《ゆうだい》のリュックサックは、手荷物《てにもつ》として飛行機《ひこうき》のなかへ持《も》っていっていいそうだ。

空港《くうこう》のなかには、レストランやおみやげ屋《や》さんがたくさんある。ふだんはそのあたりを散歩《さんぽ》するのだが、今日《きょう》はせっかく飛行機《ひこうき》に乗《の》れるのだ。いままで一度《いちど》も入《はい》ったことのない場《ば》所《しょ》へ、雄大《ゆうだい》は一刻《いっこく》も早《はや》く向《む》かいたかった。

BOOK
COFFEE

「さあ、行《い》こう。」

それは、保安検査場《ほあんけんさじょう》の向《む》こうだ。

飛行機《ひこうき》のチケットを持《も》っている人《ひと》だけが、保安検査場《ほあんけんさじょう》で、手荷物《てにもつ》のチェックを受《う》けて、その先《さき》の搭乗口《とうじょうぐち》へ進《すす》むことができる。

雄大《ゆうだい》は、お父《とう》さんたちといっしょに、検査場《けんさじょう》へ行《い》った。持《も》っているリュックサックをかごに入《い》れると、係員《かかりいん》の人《ひと》がX線《エックスせん》で検査《けんさ》をする。

そして、雄大《ゆうだい》は係《かかり》の人《ひと》に案内《あんない》されて、金属探知機《きんぞくたんちき》の間《あいだ》を通《とお》った。音《おと》が鳴《な》ったら「金属《きんぞく》を持《も》っている」ということになるのだが、雄大《ゆうだい》が通《とお》ったときはなにも鳴《な》らなくて、

「はい、ありがとう。」

と、係《かかり》の人《ひと》にいってもらえた。

うしろで、ピンポン、と音《おと》が鳴《な》っているので、ふりかえったら、お父《とう》さんが引《ひ》っかかっていた。

わ……雄大《ゆうだい》はドキドキしたけれど、ズボンのベルトのせいだったことがわかって、すぐにお父《とう》さんも通過《つうか》することができた。

「よかった、よかった。」

お父《とう》さんと顔《かお》を見合《みあ》わせて、雄大《ゆうだい》は笑《わら》った。

搭乗口《とうじょうぐち》までの間《あいだ》には、レストランやカフェやおみやげの店《みせ》がいっぱいある。お母《かあ》さんは寄《よ》り道《みち》するというから、雄大《ゆうだい》はお父《とう》さんと、いち早《はや》く搭乗口《とうじょうぐち》へ向《む》かった。

「わー、あれに乗《の》るんだ！」

もう、飛行機《ひこうき》が待機《たいき》している。

ボーイング737-800。

搭乗《とうじょう》ゲートから飛行機《ひこうき》までは、ボーディングブリッジで、すでにむすばれている。

「早《はや》く乗《の》りたいなぁ。」

雄大《ゆうだい》があたりを見《み》まわしたときだった。

「あ！」

向《む》こうから、制服《せいふく》を着《き》た人《ひと》が歩《ある》いてくる。パイロットだ！

機長《きちょう》と、副操縦士《ふくそうじゅうし》がひとりずつ。それぞれフライトバッグを持《も》って、やってくる。

「ん……？」

目《め》をぎゅっと手《て》でこすってから、雄大《ゆうだい》はもう一度《いちど》見《み》た。

左側《ひだりがわ》の人《ひと》が、幸也兄《ゆきやにい》ちゃんそっくりなのだ。足《あし》が長《なが》くて大《おお》またで、こちらに向《む》かってくる。その歩《ある》き方《かた》も、幸也兄《ゆきやにい》ちゃんそのものだ。

「わ、え、なんで？」

やはり、まちがいない。

幸也《ゆきや》兄《にい》ちゃんは、搭乗《とうじょう》ゲートじゃなくて、窓《まど》ぎわにいる雄《ゆう》大《だい》のほうへまっすぐやってきた。うしろから、なんと機長《きちょう》さんまでついてくるではないか。

「えええ――――、どうして？　幸也兄《ゆきやにい》ちゃん。沖縄《おきなわ》じゃなかったの？」

幸也兄《ゆきやにい》ちゃんは、ふふっと笑《わら》った。

「ほんとうに、今日《きょう》の朝《あさ》は沖縄《おきなわ》にいたんだ。」

「え？」

「朝《あさ》、沖縄《おきなわ》を出《で》て、羽田《はねだ》に来《き》たわけ。」

「あ、え、そういうことか！」

「いまから雄大《ゆうだい》を乗《の》せて、大阪《おおさか》まで行《い》く。そのあと、もう一《いち》度《ど》、羽田《はねだ》にもどる、っていうフライトなんだ。」

「えー、すげー、一日《いちにち》に三回《かい》もフライト。っていうか、幸也《ゆきや》兄《にい》ちゃんの飛行機《ひこうき》に乗《の》れるなんて、すごいぐうぜんだっ。」

「はは、じつはぐうぜんじゃないんだ。スケジュールが出《で》てから、お父《とう》さんに連絡《れんらく》して、おれが乗《の》るこの便《びん》をおさえてもらったというわけ。雄大《ゆうだい》にはないしょで。」

「そういうことかぁ。」

横《よこ》で聞《き》いていた機長《きちょう》さんも、おだやかな目《め》で笑《わら》っている。かみの毛《け》がグレーで、だいぶ年上《としうえ》の人《ひと》らしい。幸也兄《ゆきやにい》ちゃんが名前《なまえ》を教《おし》えてくれた。

渡部《わたべ》さんというそうだ。

渡部《わたべ》さんは、ポケットからなにかを取《と》りだして、

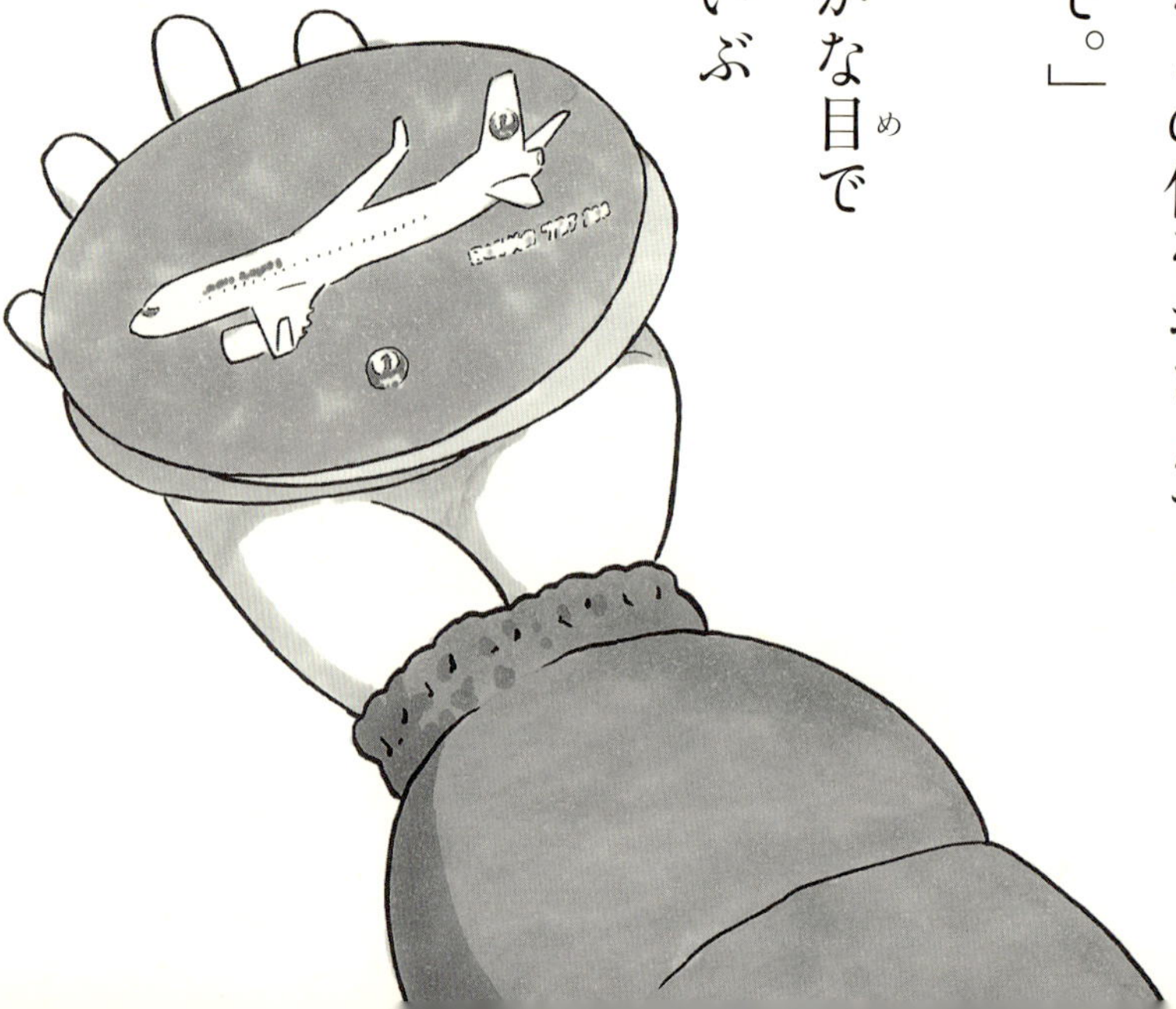

雄大《ゆうだい》の手《て》にのせてくれた。

飛行機《ひこうき》のシールだ！

びっくりしすぎて、雄大《ゆうだい》が声《こえ》を出《だ》せないでいる間《あいだ》に、ふたりは手《て》をふって、搭乗《とうじょう》ゲートで一礼《いちれい》して、ボーディングブリッジをわたって、飛行機《ひこうき》に入《はい》っていってしまった。

いいたいこと、いっぱいあったのに。

幸也兄《ゆきやにい》ちゃんの飛行機《ひこうき》に乗《の》れて、うれしい。パイロットになれて、おめでとう。これから副操縦士《ふくそうじゅうし》として何年《なんねん》か経験《けいけん》をつんだら、いつかきっと機長《きちょう》さんになれるんだね。

リュックサックに入《い》れていたペンケースに、雄大《ゆうだい》はさっそくシールをひとつはった。

いよいよ飛行機《ひこうき》のなかに入《はい》った。

雄大《ゆうだい》は席《せき》から少《すこ》し体《からだ》をうかせて、機内《きない》をぐるりと見《み》まわした。

つばさより少《すこ》し後方《こうほう》の、左側《ひだりがわ》の窓《まど》ぎわの席《せき》だ。

となりにはお父《とう》さん、そのとなりにはお母《かあ》さんがすわっている。

キャビンアテンダントさんが前《まえ》からやってきた。紺色《こんいろ》の制服《せいふく》で、首《くび》もとにまいている赤《あか》いスカーフがあざやかだ。

その人《ひと》が、やさしい口調《くちょう》で
話《はな》しかけてきた。
「シートベルトを
おしめくださいね。」
雄大《ゆうだい》にも、おとなに
話《はな》しかけるみたいに、
敬語《けいご》でいってくれた。
「は、はい。」
あわてて雄大《ゆうだい》はすわって、
シートベルトを
しっかりしめた。

飛行機《ひこうき》のドアが閉《し》まり、
ボーディングブリッジから
はなれていく。
もっとガタガタうるさく
動《うご》くのかと、
雄大《ゆうだい》は思《おも》っていた。

　でもちがった。
窓《まど》の外《そと》の景色《けしき》を
見《み》ていないと
わからないくらい、
静《しず》かに移動《いどう》する。

満員《まんいん》のお客《きゃく》さんを乗《の》せて、
飛行機《ひこうき》は滑走路《かっそうろ》を
加速《かそく》していく。
ゴーッと音《おと》が鳴《な》り、
それが速《はや》さを感《かん》じさせる。
とつぜん、
ふわっと空気《くうき》が
軽《かる》くなったように感《かん》じた。

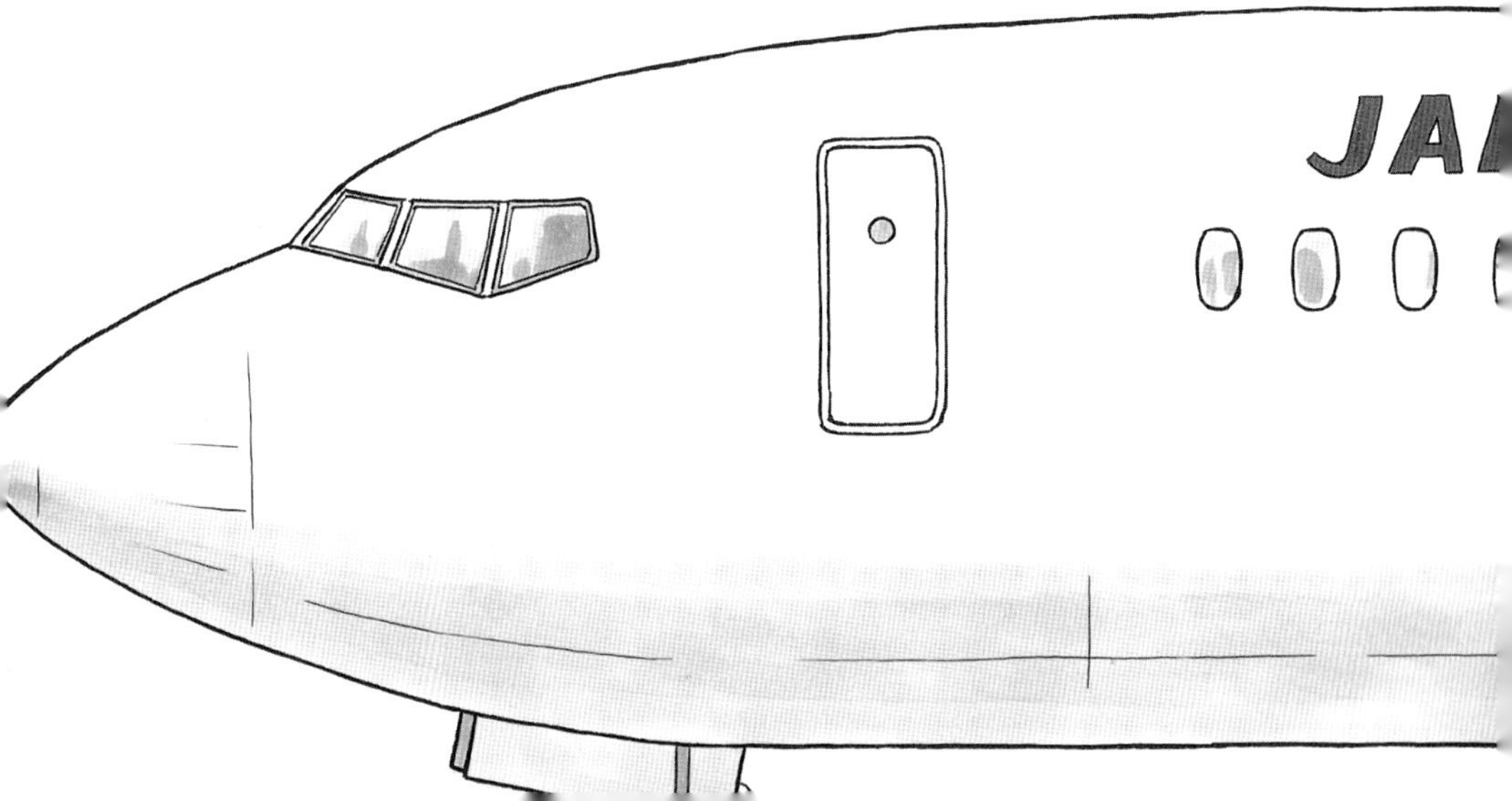

「離陸《りりく》した！」

雄大《ゆうだい》は、窓《まど》に顔《かお》をくっつけた。みるみる、ターミナルや管制塔《かんせいとう》が小《ちい》さくなり、空港《くうこう》のまわりの緑《みどり》の丘《おか》も、小《ちい》さくなっていく。

青《あお》い空《そら》には、ちぎれ雲《ぐも》がういている。見《み》つめていたら、あっという間《ま》にその雲《くも》が近《ちか》くまで来《き》て、窓《まど》のすぐ向《む》こうを流《なが》れていった。

この飛行機《ひこうき》を、機長《きちょう》さんと幸也兄《ゆきやにい》ちゃんが操縦《そうじゅう》しているんだ。そう思《おも》うと、ほこらしい。

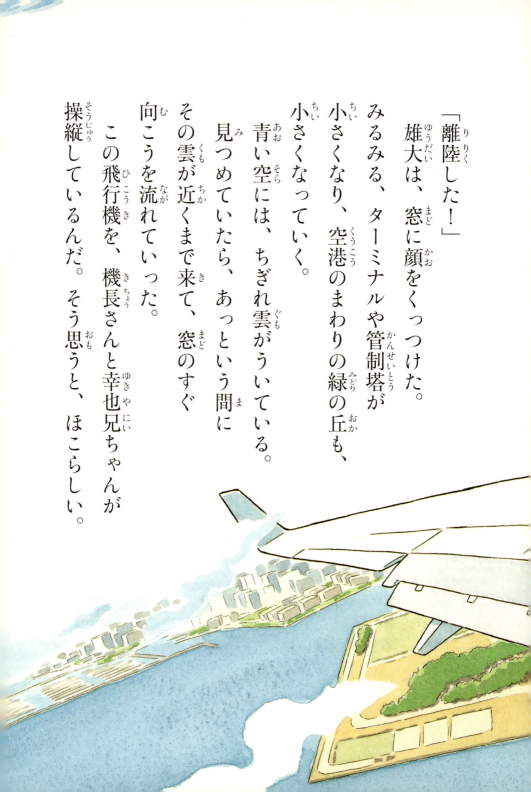

雄大《ゆうだい》が小学《しょうがく》二年《ねん》のとき、航空会社《こうくうがいしゃ》に入社《にゅうしゃ》した幸也兄《ゆきやにい》ちゃんは、たくさんの勉強《べんきょう》と試験《しけん》、アメリカでの訓練《くんれん》をクリアして、三年半《ねんはん》かかって副操縦士《ふくそうじゅうし》になった。

長《なが》すぎるし、そんなにやらなくてもいいんじゃないかと思《おも》っていた。

でも、飛行機《ひこうき》に乗《の》るとわかる。そうやって、たいへんなトレーニングをつんで一人前《いちにんまえ》になった人《ひと》たちだからこそ、安心《あんしん》して、自分《じぶん》は窓《まど》の外《そと》の景色《けしき》を見《み》ていられるんだ。

雄大《ゆうだい》は考《かんが》えた。

ぼくは、ただ飛行機《ひこうき》が好《す》きで、空港《くうこう》から空《そら》をながめるのが楽《たの》しかったけど、飛行機《ひこうき》に乗《の》るのはもっともっと楽《たの》しい。

だったら、
飛行機《ひこうき》にたくさん
乗《の》りつづけられる仕事《しごと》は――。

将来《しょうらい》、パイロットになりたい。

遠《とお》い道《みち》のりだってわかっているけれど、飛行機《ひこうき》が大好《だいす》きな仲間《なかま》たちといっしょうけんめいがんばって、みんなでパイロットになるって、すてきだと思《おも》うのだ。

飛行機《ひこうき》が大阪《おおさか》に着陸《ちゃくりく》したら、幸也兄《ゆきやにい》ちゃんにさっそく話《はな》してみよう。

幸也兄《ゆきやにい》ちゃんは、おうえんしてくれるかな? それとも、「だったらもっともっと勉強《べんきょう》しなきゃだめだよ。」って、お説《せっ》教《きょう》されちゃうかな?

パイロットのまめちしき

パイロットのお仕事《しごと》に
ちょっぴりくわしくなる
オマケのおはなし

おしごとのおはなし

パイロットって、どんなお仕事《しごと》？

飛行機《ひこうき》が飛《と》ぶまえから、パイロットの仕事《しごと》ははじまっています。

出発前《しゅっぱつまえ》の「ブリーフィング」では、天気図《てんきず》やスケジュールなどを見《み》ながら、飛行機《ひこうき》の燃料《ねんりょう》や運転《うんてん》コースなどをしっかりと話《はな》しあいます。

そして、操縦席《そうじゅうせき》（コックピット）に入《はい》ると、百個《こ》以《い》上《じょう》あるスイッチやレバーなどを、副操縦士《ふくそうじゅうし》といっしょにチェック。

お客《きゃく》さんが全員《ぜんいん》飛行機《ひこうき》に乗《の》ったことを確認《かくにん》して、滑《かっ》走路《そうろ》まで地上《ちじょう》を走行《そうこう》したら、いよいよテイク・オフ（離陸《りりく》）！　雲《くも》の上《うえ》へぐんぐん飛《と》んでいきます。

無事《ぶじ》に離陸《りりく》してからも、気《き》をゆるめることはできま

せん。機械《きかい》や天気《てんき》をチェックして、大《おお》きなゆれがおきないか、お客《きゃく》さまのようすはどうか、気《き》をくばりつづけます。

大空《おおぞら》をかけるパイロットは、やりがいのある仕事《しごと》ですが、多《おお》くの人《ひと》の命《いのち》をあずかる仕事《しごと》でもあるので、こまやかな気《き》づかいが必要《ひつよう》なのです。

どんな人《ひと》がパイロットにむいている？

飛行機《ひこうき》は、ひとりのパイロットだけでは飛《と》ばせません。

副操縦士《ふくそうじゅうし》、キャビンアテンダント（客室乗務員《きゃくしつじょうむいん》）や、飛行機《ひこうき》の点検《てんけん》・修理《しゅうり》をする整備士《せいびし》などと、みんな

で力《ちから》をあわせて、安全《あんぜん》な飛行《ひこう》をしています。いっしょに仕《し》事《ごと》をする仲間《なかま》たちのことを想像《そうぞう》できる人《ひと》でなければなりません。

もちろん、健康《けんこう》であることも大事《だいじ》です。パイロットはほかの人《ひと》がかわることができない仕事《しごと》です。だからこそ、いつも体調《たいちょう》を万全《ばんぜん》にするよう、気《き》をつかっています。ふだんからスポーツ、運動《うんどう》をしているパイロットも多《おお》くいます。

パイロットになるには？

幸也《ゆきや》兄《にい》ちゃんのメールを読《よ》むと、授業《じゅぎょう》の予習《よしゅう》・復習《ふくしゅう》や、訓練《くんれん》がとてもたいへんそうでしたね。むずかしい勉強《べんきょう》と、きびしい訓練《くんれん》ですが、雄大《ゆうだい》のように飛行機《ひこうき》が好《す》きであれば、のりこえることができるでしょう。

パイロットになるためには、大学《だいがく》を卒業《そつぎょう》して、航空会社《こうくうがいしゃ》に入社《にゅうしゃ》します。

航空会社《こうくうがいしゃ》に入社《にゅうしゃ》しても、すぐにパイロットの訓練《くんれん》がはじまるわけではありません。空港《くうこう》や、営業部門《えいぎょうぶもん》など、会社《かいしゃ》のいろいろな場所《ばしょ》でしばらく経験《けいけん》をつみます。パイロットになったら、いろいろな人《ひと》といっしょに飛行機《ひこうき》を動《うご》かすのですから、会社内《かいしゃない》のさまざまな職場《しょくば》のようすを知《し》っておく必要《ひつよう》があるのです。

そして、パイロットになるための勉強《べんきょう》、訓練《くんれん》があり、試験《しけん》に合格《ごうかく》して副操縦士《ふくそうじゅうし》になるまで、会社《かいしゃ》に入《はい》ってからだいたい三年《ねん》半《はん》から四年《ねん》かかります。

副操縦士《ふくそうじゅうし》になってから機長《きちょう》になるまでには、その後《ご》十年《ねん》ほどかかります。合格《ごうかく》したあとも、定期的《ていきてき》に身体検査《しんたいけんさ》や試験《しけん》を受《う》けます。努力《どりょく》しつづけることが求《もと》められる仕事《しごと》です。

吉野万理子｜よしのまりこ

1970年生まれ。神奈川県出身。作家、脚本家。2005年、『秋の大三角』（新潮社）で第１回新潮エンターテインメント新人賞を受賞。児童書の作品に、シリーズ25万部を超え、文庫化もされた『チームふたり』などの「チーム」シリーズ（学研プラス）や「100％ガールズ」シリーズ、『時速47メートルの疾走』『赤の他人だったら、どんなによかったか。』、「ライバル・オン・アイス」シリーズ（以上講談社）などがある。『劇団６年２組』『ひみつの校庭』（ともに学研プラス）で、うつのみやこども賞受賞。

黒須高嶺｜くろすたかね

1980年生まれ。埼玉県出身。イラストレーター。手がけた作品に、「あぐり☆サイエンスクラブ」シリーズ（新日本出版社）、『ふたりのカミサウルス』（あかね書房）、『１時間の物語』『冒険の話　墓場の目撃者』（ともに偕成社）、『くりぃむパン』『自転車少年（チャリンコボーイ）』（ともにくもん出版）、『五七五の夏』『ツクツクボウシの鳴くころに』（ともに文研出版）、『日本国憲法の誕生』『行基と大仏』（ともに岩崎書店）、『こうちゃんとぼく』（講談社）などがある。

取材協力／日本航空

ブックデザイン／脇田明日香

巻末コラム／編集部

おしごとのおはなし　パイロット

パイロットのたまご

2017年11月15日　第１刷発行

作　吉野万理子《よしのまりこ》

絵　黒須高嶺《くろすたかね》

発行者　鈴木　哲

発行所　株式会社講談社

〒112-8001 東京都文京区音羽2-12-21

電話　編集 03-5395-3535　販売 03-5395-3625　業務 03-5395-3615

印刷所　株式会社精興社

製本所　黒柳製本株式会社

N.D.C.913 79p 22cm ©Mariko Yoshino / Takane Kurosu 2017 Printed in Japan ISBN978-4-06-220820-8